神射手

O CAMINHO DO ARCO

PAULO COELHO
保羅．科爾賀——著　蕭美惠——譯　Tanivu——繪

致李奧納多・奥蒂西卡（Leonardo Oiticica），
一天早晨在聖馬丁，他看見我在練習弓道，而給我寫作本書的靈感。

噢！聖母瑪莉亞，
孕無原罪之胎，請為吾等信靠你者祈禱！
阿門。

無行動的祈禱是
一支沒有弓的箭；
無祈禱的行動是
一把沒有箭的弓。
——艾拉．惠勒．威爾考克斯（Ella Wheeler Wilcox）

目錄
CONTENTS

139

關於作者

A NOTE ABOUT THE AUTHOR

序

Prologue

「哲也。」

少年驚訝地看著陌生人。

「城裡沒有一個人看過哲也拿著弓，」少年回答。「大家只知道他是一名木匠。」

「也許他放棄了，也許他失去了勇氣，但對我來說都不重要，」陌生人堅持說。「不過，如果他放棄了這門藝術，他便不能算是這個國家最好的弓箭手。這就是為什麼我近來四處遊歷，為了挑戰他，終結他不再值得擁有的名聲。」

少年覺得沒有爭辯的意義，最好還是帶這個人到木匠店，讓他親眼看到他弄錯了。

哲也在屋子後面的工作坊。他轉身看誰走了進來，當他的目光落在陌生人拿著的長型提袋時，他的微笑僵住了。

「正是你想的東西，」那名訪客說。「我不是來羞辱或挑釁你這位傳奇人物。我只是想證明，在多年的練習之後，我終於達到了完美境界。」

哲也假裝繼續他的工作：他在組裝桌子的桌腳。

「一代宗師怎麼可以像你這樣失蹤，」陌生人接著說。「我跟隨你的教導，我試著尊重弓箭之道，我值得讓你看我射箭。只要你看過，我就會離開，永遠不會告訴別人哪裡可以找到你這位大師中的宗師。」

陌生人從他的袋中拿出一把塗漆的竹製長弓，握把略低於中間。

他向哲也一鞠躬，走到花園，對著某個地方再次鞠躬。他拿出一支裝飾著鷹翎的箭，兩腳站穩在地上，採取射箭的穩固下盤，一隻手將弓舉到他面前，另外一隻手將箭定位。

少年開心又神奇地看著。哲也此時停止工作，有些好奇地觀察陌生人。

箭穩穩搭在弦上，陌生人將弓舉高到與胸部中央齊平。再高舉過頭，然後慢慢放下手來，並且開始向後拉弦。

當箭降到臉部時，弓已經張滿。在彷彿永恆的瞬間，弓箭手與弓維持靜止不動。少年看向箭頭所指之處，可是什麼也沒看見。

忽然間，拉弦的手放開了，被彈往後方，另一隻手裡的弓彎成一道優雅的弧形，箭從視野裡消失，而後出現在遠方。

「去拿回來，」哲也說。

少年拿著箭回來：他在四十公尺之外的地上找到箭，箭射穿了一顆櫻桃。

哲也向弓箭手鞠躬，走到工作坊的角落，拾起一根弧形的細長木頭，用長條皮革包裹著。他慢慢解開皮革，露出一把弓，類似陌生人的那把，只不過看起來使用得更多次。

「我沒有箭，所以必須借用你的一支箭。我會如你所願，可是你必須謹守承諾，絕對不能洩漏我所居住的村莊。如果有人跟你問起我，就說你走遍天涯海角想要找到我，最後探聽到我被蛇咬之後兩天死亡。」

陌生人點頭，遞給他一支箭。

序
Prologue

將竹製長弓一端靠在牆上，哲也用力壓弓，給弓綁上弓弦。隨後，一語不發地往山上出發。

陌生人與少年跟隨著他。他們走了一小時，抵達一座山谷，兩側是岩石，底下有湍急的河流，想要跨越山谷的話，只能走一條已磨損到幾乎要斷掉的繩索橋。

哲也鎮定自若地走到橋的中央，橋身搖晃不已；他對著彼岸敬禮，和陌生人一樣的張弓，舉起，落下到胸前，而後射出。

少年與陌生人看到大約二十公尺外，一顆熟透的桃子被箭射穿。

「你射穿一粒櫻桃，我射穿一顆桃子，」哲也安全地回到岸上後說。「櫻桃更小顆，你射中距離四十公尺的標的，我則是一半的距離。因此，你應能做到我剛才所做的。站在橋中央，像我做的一

樣。」

陌生人驚恐地走到殘破不堪的橋中間，因腳下的高度而怔住。他進行了相同的儀式，射向桃樹，但箭卻從樹旁擦過。

他回到岸邊時，已是面如死灰。

「你有技巧、尊嚴與姿勢，」哲也說。「你牢牢掌握技巧，也掌握了弓，可是沒有掌控你的心。你知道如何在一切環境有利下射箭，惟若處於險境，你便無法射中目標。弓箭手無法總是能夠選擇戰場，所以請再開始你的訓練，準備好面對不利的情況。請繼續弓之道，因為這是一條人生旅程，但請記住，準確的射箭跟心靈平和時的射箭是非常不同的。」

陌生人深深一鞠躬，將弓與箭收回揹在自己肩上的長袋，而後離去。

回程中，少年非常興奮。

「你向他證明了，哲也！你才是最棒的！」

「我們絕對不可以在不學習傾聽與尊重他人之前就批評別人。這位陌生人是個好人；他並未羞辱我，或者想要證明他比我好，雖然他可能給人這種印象。他想要展現他的技巧，並且得到認同，即使他看起來好像是要挑戰我。而且，面對意外的試煉本來就是弓道的一部分，那正是陌生人今天讓我做到的事。」

「他說您曾是最好的，我甚至不知道原來您是一位射箭大師。那麼，您為何要做個木匠呢？」

「因為弓道適用於一切事物，而我的夢想是做木頭工作。況且，追隨弓道的弓箭手並不需要一把弓，一支箭，或一個箭靶。」

「這個村子沒有發生過什麼有趣的事，現在，我突然間跟一位大師面對面在一起，而這門藝術已經沒有人關心了，」少年說，眼睛閃

爍光芒。「什麼是弓道?您可以教我嗎?」

「教導弓道並不難。我可以在我們走回村子的不到一小時之內教完。困難的是要每天練習，直到你達到必要的準確度。」

少年的眼睛似乎在祈求哲也答應他。哲也沉默地走了將近十五分鐘，當他再度開口，他的聲音聽起來變年輕了：

「今天我很滿足。我榮耀了很久以前拯救我性命的人，因為如此，我會教導你所有的規則，其餘的我便無能為力了。如果你了解我跟你說的，你可以隨意的利用我的教導。幾分鐘以前，你稱我為大師。何謂大師?我會說大師不是教導某些事的人，而是啟發學生盡全力發掘他們靈魂裡既有知識的人。」

在他們走下山的時候，哲也講解何為弓道。

盟友

Allies

盟友
Allies

不與人分享弓箭喜悅的弓箭手，永遠不會知道自己的特質與缺點。

所以，在開始之前，要尋找你的盟友，也就是關心你所做之事的人。

我不是說「去尋找其他弓箭手。」我是說：尋找具有其他技能的人，因為弓道與其他熱烈追尋的道路並無二致。

你的盟友未必要是眾人仰慕、被視為「無人能出其右」的名人。相反的，你的盟友是不害怕犯錯、因此也會犯錯，所以成就往往未獲認同的人。但他們才是改變世界的人，在經過多次錯誤後、設法做到足以真正改變社群的人。

他們不會坐等事情發生，才決定採取何種態度；他們在行動中做決定，且十分明白這樣可能很危險。

跟這些人相處，對弓箭手來說是很重要的，因為他必須了解，在面對標的之前，他首先必須在將弓舉到胸前時，能夠隨意改變方向。當他張開手臂，放開弓弦時，他應該跟自己說：「在拉弓時，我走過漫長旅程。現在我射出這支箭，明白我已承擔必要的風險，也竭盡全力。」

最佳盟友是想法與眾不同之人。這就是為何當你在追尋可以分享弓箭熱情的盟友時，要相信你的直覺，不必理會別人說些什麼。人們總是依據他們侷限的模式來評判別人，而他人的意見通常充滿偏見與恐懼。

盟友

Allies

加入那些嘗試、冒險、跌倒、受傷，又再度冒險的人。遠離那些妄下斷言、批評跟他們想法不同的人，以及除非確信自己會被尊重、否則永遠都不曾跨出一步的人，還有偏好確定、不喜歡疑問的人。

加入那些敞開心胸、不害怕受傷的人：他們了解，唯有觀察盟友舉止——但不是為了批判，而是要欣賞盟友的專心一致與勇氣——人們才會進步。

你或許認為麵包師傅或農夫等對弓箭沒興趣，但是我可以向你保證，他們會將所看到的一切融入於他們所做的。你也是一樣：你可以向優秀的麵包師傅學習如何利用你的雙手，如何正確搭配原料。你可以從農夫身上學到耐心、勤奮、尊重四季，不去咒罵暴風雨，因為那只是在浪費時間。

加入那些如弓木般靈活的人和理解沿途跡象的人。他們在遇到無法克服的障礙或是看見更好的機會時，會毫不猶豫地改變方向。他們擁有水的特質：繞開石頭，順著河流，有時形成一個湖泊直到滿溢，然後再繼續旅途，因為水永遠不會忘記大海才是她的命運，遲早都會抵達。

加入那些從不曾說過：「對，夠了，我不要繼續了」的人，因為春去冬來，萬物永無止息；達成你的目標之後，你必須重新開始，一直運用之前所學的一切。

加入那些唱歌、說故事、享受生命、眼中充滿歡樂的人，因為歡樂具傳染力，可以幫助別人不因憂鬱、孤單與困難而痲痺。

加入那些熱情工作的人，因為你們可以互相幫忙，試著了解他們的工具以及如何改進他們的技能。

現在是認識你的弓、箭、箭靶和道路的時候了。

弓

The Bow

弓是生命：一切能量的源頭。

箭有一天會離開。

箭靶在遙遠的彼方。

但是弓會留在你身邊，所以你一定要知道如何照顧它。

弓需要休息不動的時間——一直繃緊的弓會失去力量。因此，讓它休息，恢復堅韌；那麼，當你拉開弓弦時，弓將是飽滿的，充滿完整的力量。

弓沒有意識：它是弓箭手的手及欲望的延伸。它可以用以殺人，也可供冥想。所以，務必要清楚你的意圖。

弓是靈活的，但有其極限。拉弓一旦超過其承載範圍時將會折斷它，或者累壞弓箭手的手。所以，設法與弓和諧相處，不要過分要求。

弓若不是在休息，便是在弓箭手的手裡使勁，但是，手只是弓箭手全身肌肉、所有意圖與射箭努力的集中之處。因此，為了保持張弓時姿態優雅，必須確定各部位只做需要的，不要浪費你的力氣。如此一來，你便能射出很多箭，而不會疲累。

想要了解你的弓，就必須讓它成為你的手的一部分，以及你思想的延伸。

箭

The Arrow

箭是意圖。

它結合弓的力量與箭靶的中心。

意圖一定要清楚、直接與平衡。

箭一旦離開，便不會回來，所以，如果動作不夠精準與正確，最好中止射箭，而不要只因弓已拉開、箭靶在等候，便隨意射出。

但是，如果你是因為害怕犯錯而僵住不動，那麼絕對不要遲疑地射出箭。如果你已做出正確動作，便張開手、放開弓弦。就算沒有射中箭靶，你也會學到如何在下次改進瞄準。

如果你永遠不冒險，就永遠不會知道需要做出哪些改變。

每一支箭都會在你心中留下記憶，這些累積的記憶會讓你的射箭技術越來越好。

箭靶
The Target

箭靶
The Target

箭靶是要達到的目標。

箭靶是弓箭手所選擇的，雖然它在遙遠的彼方，但我們不能在射不中目標時責怪它。這就是弓道的美妙之處：你絕對不能為自己找藉口，說你的對手比你強。

你是選擇箭靶的人，你要為它負責。

箭靶可大可小，可右可左，但你一定要站在它的前方，尊重它，讓它靠近你的內心。直到箭頭對準它，你才能放開弓弦。

如果你將箭靶視為敵人，你或許會正中目標，但你不會改進你的內在。你這一生將只是想把箭射中一張紙或一塊木頭的中心，這是毫無意義的。當你和別人在一起時，你只會花時間抱怨你從沒做過什麼有趣的事情。

這就是為何你一定要選擇你的目標，盡全力達到目標，始終以敬重與尊嚴來看待它；你要明白它的意義，還有你自己需要花多少努力、訓練與直覺。

當你瞄準箭靶時，不要只專注於它，而是要包括箭靶附近的一切，因為箭射出時，會遭遇到你未能納入考量的因素，例如風、重量和距離。

你必須了解箭靶。你需要一直反覆自問：「如果我是箭靶，我在哪裡？要如何被射中，才能給予弓箭手應有的榮耀？」

箭靶存在，只因弓箭手存在。它存在的理由，是弓箭手渴望射中箭靶；否則它不過是無生命的物體，無足輕重的一張紙或一塊木頭。

如同箭尋找箭靶，箭靶也在尋找箭，因為箭賦予箭靶存在的意義；它不再只是一張紙；對弓箭手來說，它是世界的中心。

姿勢

Posture

一旦你理解了弓、箭與箭靶，你需要學習如何擁有射箭的寧靜與優雅。

寧靜來自於內心。雖然內心時常被不安的想法折磨，它知道透過正確的姿勢，便能做到最好。

優雅不是表面的，而是一個人榮耀自己生命與工作的方式。如果你有時覺得姿勢不舒服，不要認為那是錯誤或虛假的；那是真實的，因為姿勢是如此困難。它讓箭靶感受到弓箭手的尊重所給予的榮耀。

優雅不是最舒適的姿勢，卻是讓射箭臻於完美的最佳姿勢。

摒棄一切雜念，弓箭手在找到單純與專注之後，便能達成優雅；姿勢越是簡單、冷靜，越是美麗。

白雪美麗因為只有一個顏色，大海美麗因為看起來表面平靜無波，然而白雪跟大海都很深奧，都了解他們自己的特質。

如何持箭

How to Hold the Arrow

如何持箭
How to Hold the Arrow

持箭就是感受你自己的意圖。

你必須端詳整支箭，檢查導引方向的翎羽是否整齊排列，確定箭矢尖銳。

確定箭是筆直的，並未因之前的射擊而彎曲或損毀。

簡單與輕盈，箭看似脆弱，但是藉由弓箭手的力量，箭可以長途承載弓箭手的身心能量。傳說從前有人用一支箭射沉一艘船，因為射箭者了解船身木頭最脆弱之處，因而射穿一個小孔，讓水無聲滲入船艙，從而終結村莊入侵者的威脅。

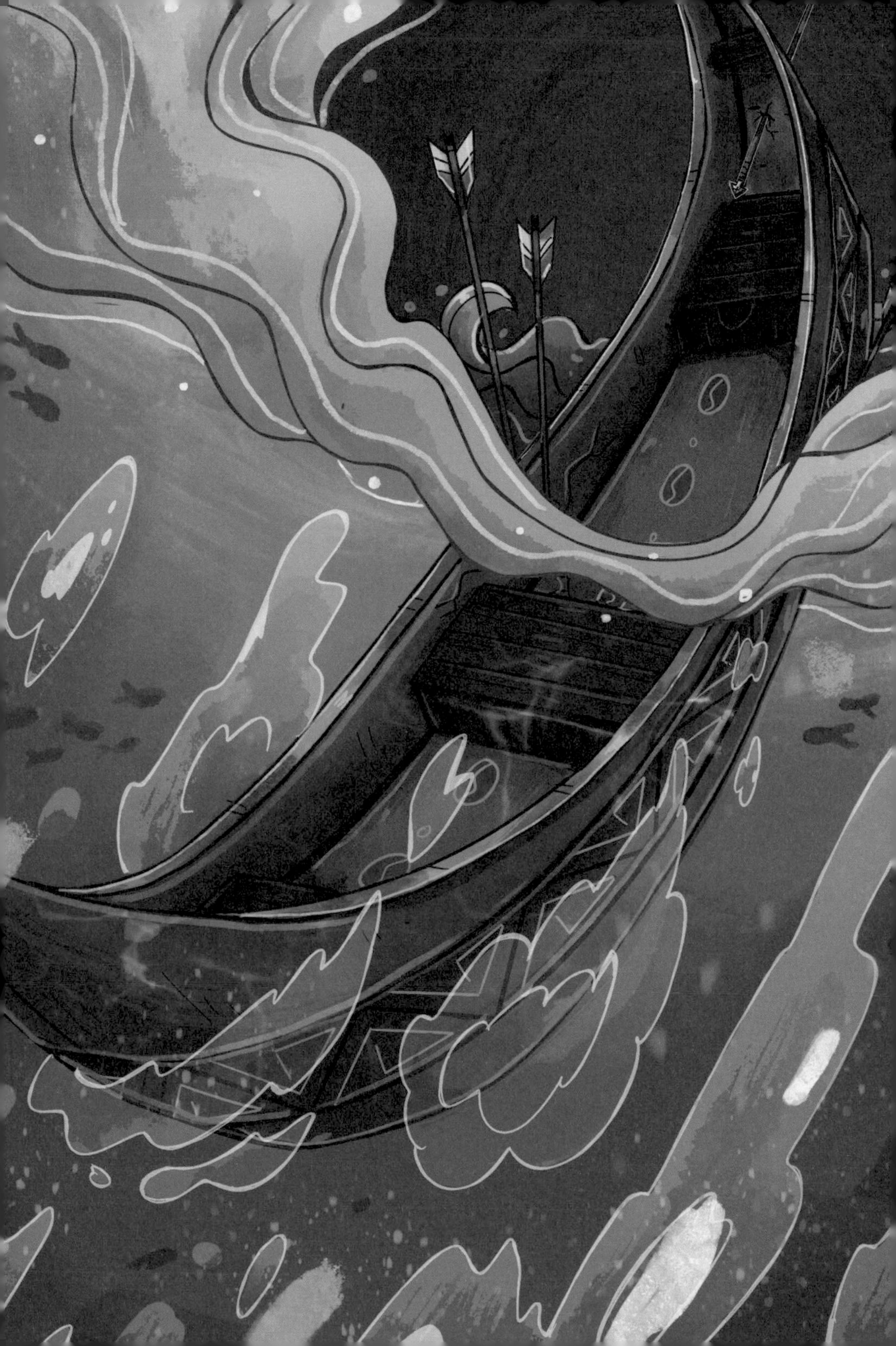

箭是從弓箭手手中射出，往箭靶前進的意圖；話雖如此，箭在飛行中是自由的，依循出發時被選定的路徑。

它會受到風與地心引力影響，但那是飛行軌道的一部分；樹葉不會僅僅因為從樹上被暴風打落就不再是樹葉了。

一個人的意圖要完美、正直、銳利、堅定、準確。當它橫越阻隔其命運的空間時，無人可以阻止。

如何握弓

How to Hold the Bow

保持鎮靜，深呼吸。

你的盟友會注意你的一舉一動，他們在必要時將幫助你。

可是，別忘了，你的敵人也在看著你，他可以辨別沉穩的手與不安的手：因此，如果你緊張，便深呼吸，因為這樣可以幫助你在每個階段專心。

如何握弓

How to Hold the Bow

當你拿起弓，優雅地在你身前舉起時，試著在腦中回想準備這次射箭的每個階段。

但是，不必緊張，因為不可能在腦中記住所有規則；用平靜的心，在回想每個階段時，你將再次看到最艱難的時刻，以及你是如何克服的。

這會給你信心，你的手就會停止顫抖。

如何拉弓

How to Draw the Bowstring

弓是樂器，它的樂音顯現在弓弦上。

弓弦很長，但是箭只接觸到弓弦的一點，弓箭手所有的知識與經驗必須集中在那一小點。

如果他略為偏右或偏左，或如果那一點高於或低於火線，他便永遠不會射中目標。

因此，在你拉弦時，要像一名演奏樂器的音樂家。以音樂而言，時間比空間更為重要；一條線上的成堆音符沒有任何意義，但是讀得懂的人可以將那條線轉化為音樂與韻律。

如何拉弓
How to Draw the Bowstring

如同弓箭手給予箭靶存在的意義，箭給予弓存在的意義：你可以用手擲箭，但沒有箭的弓是毫無用處的。

因此，當你張開手臂時，不要想著自己在拉弓，而是要把箭想成一個靜止的中心，你正試著將弓的兩端與弓弦拉得更為靠近；輕柔地觸摸弓弦，請求它的合作。

如何瞄準箭靶

How to Look at the Target

許多弓箭手抱怨，儘管多年來練習弓道，他們仍然感覺心跳焦急、雙手顫抖、無法瞄準。他們必須了解到，一把弓或一支箭改變不了任何事，而射箭這門藝術讓我們的錯誤更加明顯。

有一天，當你不再熱愛生命，你在瞄準時將感到迷惑、困難。你會發現你沒有力量拉滿弓弦，無法好好彎弓。

當你發現自己有天早上無法瞄準時，你會想要尋找導致你無法瞄準的原因；這意味著你要面對之前困擾著你、但迄今一直被隱藏的問題。

也有可能發生相反的情況：你的瞄準正確；弓弦如樂器般哼鳴；鳥兒們四處歌唱。此時，你知道自己做到了最好。

總之，不要讓你自己被當天早上的射箭影響，無論情況好壞。未來的日子還很多，而每一支箭都有它的生命。

利用你表現不好的時候來發現讓你顫抖的原因；利用你表現良好的時候去找尋通往內在平靜的道路。

但是，不要因害怕或喜悅而停止：弓道永無止盡。

放箭的瞬間

The Moment of Release

射箭有兩種。

第一種是極為準確但沒有靈魂的射箭。在這種情況下，雖然弓箭手技藝高超，完全專注在箭靶，但也因如此，他沒有進步、一成不變，不能設法成長，於是，直到某一天，他會放棄弓道，因為他覺得一切都變成例行公事。

第二種是有靈魂的射箭。當弓箭手的意圖轉化成箭的飛行，他的手在正確時間張開，弦音使得鳥兒鳴唱，而射向遠方目標的姿態——雖然矛盾——會讓人回歸自我與遇見自己。

放箭的瞬間
The Moment of Release

你知道拉弓要花多少力氣，如何正確呼吸，如何專注於箭靶，如何釐清你的意圖，如何維持優雅的姿態，如何尊敬你的箭靶，但是，你也需要了解，世事無常，不會在我們身邊久留：在某個時刻，你要放手，讓你的意圖追隨自己的命運。

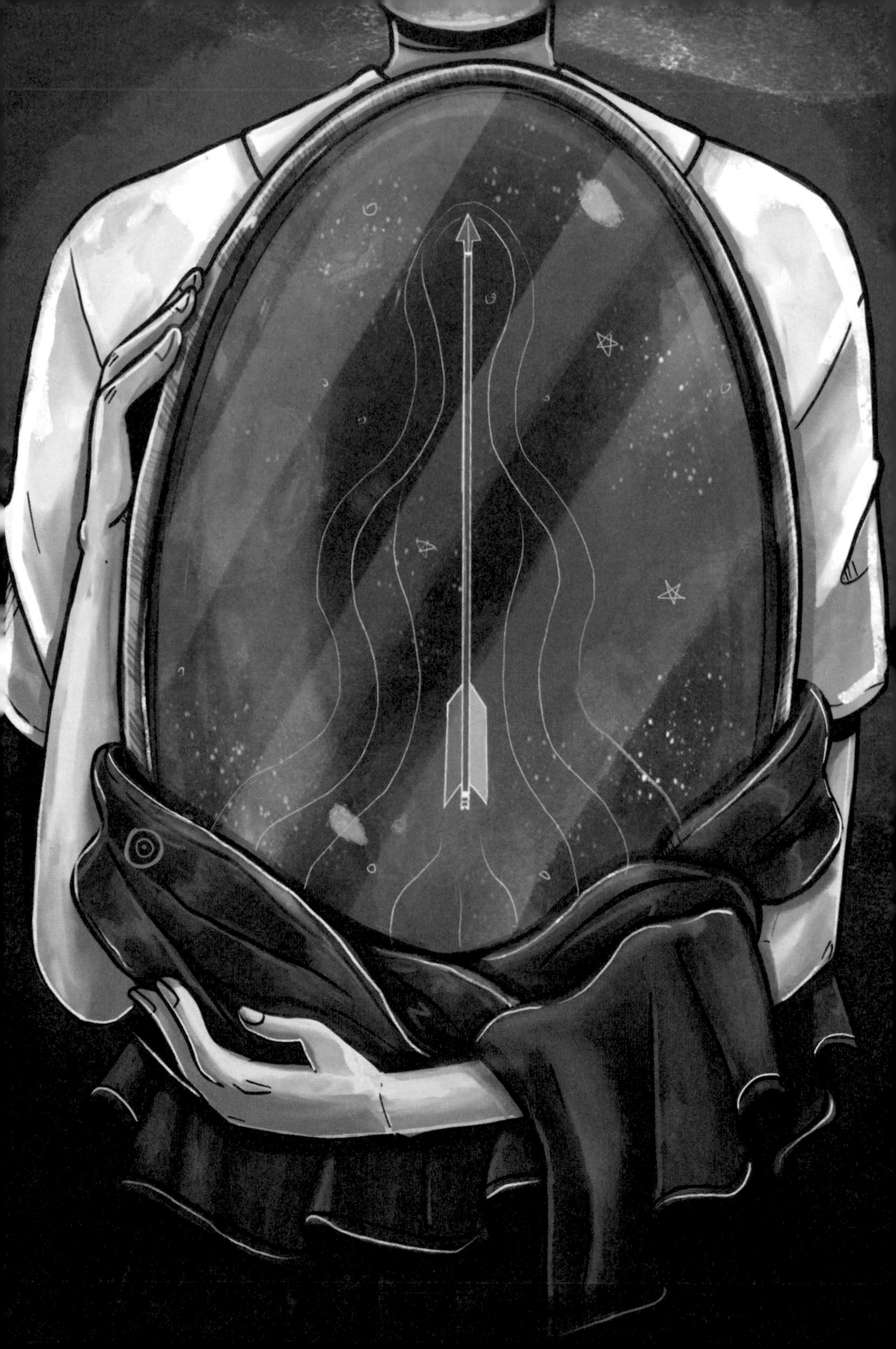

因此，箭一定要離去，無論你多麼喜愛所有優雅姿勢與正確意圖的預備動作，無論你多麼欣賞箭翎、箭矢與箭的形體。

然而，箭無法在弓箭手做好準備之前離去，因為它的飛行將會過於短暫。

箭也無法在達成準確動作與專注之後才離去，因為身體無法承受，手會開始顫抖。

它必須在弓、弓箭手與箭靶落在宇宙同一點的一瞬間離去：這稱為靈感。

重複練習

Repetition

重複練習
Repetition

姿勢是動詞的化身；也就是說，是體現思想的行動。

一個細小的姿勢也會背叛我們，所以我們必須精進一切，思考細節，學習技巧，直到變成直覺。直覺絕對不是例行公事，而是超越技巧的心靈狀態。

因此，經過許多練習後，我們不再思考必要的動作；它們會成為我們存在的一部分。但是要實現這點，你一定要練習與重複。

如果還不足夠，你必須重複與練習。

以老練的蹄鐵匠打鐵為例。對外行人來說，他只是重複相同的鎚打。

但了解弓道的人就會知道，他每一次舉起與敲下鐵鎚，力道都不同。雖然手重複相同姿勢，但在接近金屬時，手便會知道需要加強或減輕力量來鎚打。

所以，重複練習之下，雖然看起來像是同樣的事情，其實都不一樣。

以風車來說。在只瞄了一眼風車翼板的人看來，風車似乎以相同速度轉動，重複相同動作。

但熟悉風車的人便知道，風車是由風在控制，在必要時改變方向。

蹄

鐵匠的手經過數千次重複鎚打動作的訓練。風車翼板可以在颳大風時快速轉動，確保齒輪順利運作。

弓箭手任由許多箭飛越箭靶，因為他知道，唯有重複數千次的姿勢，不畏懼犯錯，他才能學到弓、姿勢、弓弦和箭靶的重要性。

真正的盟友絕對不會批評他，因為他們知道練習是必要的，這是他使直覺與鎚打力道完善的唯一方法。

總有一日，他不必再思考自己的動作。從那時起，弓箭手成為他自己的弓、箭和箭靶。

如何觀察箭的飛行

How to Observe the Flight of the Arrow

一旦箭射出去，弓箭手就無法再做任何事，只能緊盯箭飛向目標的路徑。從那一刻起，射箭所需要的緊繃狀態就再沒有存在的意義了。

所以，弓箭手的眼睛盯著箭的飛行，但放下心來，微笑著。

放開弓弦的手被往後推，握著弓的手則會往前彈；弓箭手的手臂被用力張開，以敞開的胸膛與誠摯的心，面對著盟友與敵人的注視。

如果他有足夠的練習，如果他培養了他的直覺，如果他在整個射箭過程中維持優雅與專注，在那一刻，他會感受到宇宙的存在，會明白他的行動是正確且恰如其分的。

技巧讓雙手做好了準備，呼吸正確，眼睛被訓練要瞄準箭靶。直覺讓放箭的瞬間完美。

經過的人看到弓箭手的手臂張開、眼睛盯著箭，會以為沒有任何事發生。但他的盟友知道這個射箭的人的意識已改變了次元；現在他的意識接觸到整個宇宙。

意識繼續運作著，學習這次射箭的所有優點，改進可能的錯誤，接受它的良好特質，等待箭靶被射中時的反應。

當弓箭手拉弓，他可以看到整個世界就在他的弓裡。

當他看著箭的飛行，世界向他靠近，輕撫著他，給予他一個完成責任的完美感。

每一支箭的飛行都不相同。你可以射出一千支箭，而每支箭都有不同的飛行軌道：這就是弓道。

無弓，無箭，無箭靶的弓箭手

The Archer Without Bow, Without Arrow, Without Target

無弓，無箭，無箭靶的弓箭手

The Archer Without Bow, Without Arrow, Without Target

當弓箭手忘記所有弓道的規則，完全憑著直覺行動，他就學會了。但是，想要忘記規則，就必須尊敬與了解規則。

當弓箭手達到這個境界，他便不再需要工具來幫助他學習。他不再需要弓、箭或者箭靶，因為途徑本身比當初引領他踏上途徑的東西來得重要。

同樣的，學習閱讀的學生會達到一個境界，擺脫各別字母的束縛，開始理解字母拼成的字彙。

然而，如果所有的字都擠成一團，便沒有任何意義，或者讓人很難理解；每個字之間必須要有間隔。

在一個行動與下個行動之間，弓箭手記住他所做的每件事；他跟盟友談話；他休息，對於活著的事實感到滿足。

弓道是喜悅與熱誠之道，完美與錯誤之道，技巧與直覺之道。

「但是你要持續射箭，才能體會這點。」

後記

Epilogue

等到哲也說完時，他們已抵達他的木匠工作坊。

「謝謝你的陪伴，」他向少年說。

但少年沒有離開。

「我怎麼知道我做了對的事呢？我如何確定我的眼睛是專注的、我的姿勢是優雅的、我握弓的方式是正確的？」

「想像完美的大師一直在你身旁，盡你一切所能去尊敬他，榮耀他的教導。這種大師，很多人稱為神，雖然也有人稱為祂，或『職人』，總是看顧著我們。

「他值得最好的對待。

「也要記得你的盟友：你必須支持他們，因為他們會在你需要幫忙時伸出援手。試著培養仁慈的天賦：這項天賦會讓你一直心平氣和。但最重要的，千萬不要忘記，我剛才跟你說的或許是鼓勵的話語，唯有你親身體驗，才能理解。」

哲也舉起手說再見，但少年說：

「還有一件事：您是如何學習射箭的？」

哲也想了一會兒：這個故事值得說嗎？因為今天是個特別的日子，他打開工作坊的門，然後說：

「我要去泡茶，我會跟你說我的故事，但是你必須跟那個陌生人一樣，保證永遠不告訴任何人我是個弓箭手。」

哲也走進去，點亮燈，將他的弓用長條皮革再包裹起來，收到看不見的地方。如果有人偶然發現，會以為那只是一根彎曲的竹子。他走進廚房，泡茶，然後和少年一起坐下，開始敘述他的故事。

「我受雇於住在這區域的一位貴族：我負責看管他的馬廄。但因我的主人總是出外旅行，我有很多的自由時間，所以，我決定投入到我那時以為是生活的真正理由之中：喝酒與女人。

「有一天，在數晚沒有睡覺之後，我覺得暈眩，昏倒在偏僻遙遠的曠野之中。我以為我要死了，放棄一切希望。然而，一位我從來沒有見過的男人剛好由那條路上經過，他幫助我，將我帶回他家——離這裡很遠的地方——隨後照顧我數月直到康復。在復原的期間，我總會看到他每天早上帶著他的弓箭出門。

「當我好多了，我請他教導我弓箭這門藝術，因為射箭比看管馬兒有趣多了。他跟我說死亡已經離我很近了，現在我無法趕走死亡。

死亡離我只有兩步之遙，因為我已對自己的身體造成嚴重傷害。

「如果我想要學習，唯一目的就是讓死亡不要找上我。一位住在海洋另一邊遙遠土地上的人，曾經教導他有可能暫時避開通往死亡懸崖之路。但是以我來說，在我的餘生，都需要警覺到我正走在深淵的邊緣，任何時刻都可能墜落。

「他教導我弓道。他介紹我認識他的盟友，他讓我參加競賽，沒多久，我的名聲已傳遍各地。

「當他看到我已經學得足夠了，他拿走我的箭與箭靶，只留給我一把弓做為紀念。他吩咐我要把他的教誨發揮在我真正熱愛的事情上。

「我說我最想做的是木工。他祝福我，並請我離開，在我弓箭手的名聲還沒有毀掉我、或者使我重回昔日生活之前，投身於我最愛做的事情。

「從那時候開始，我每分每秒都在跟我的惡習與自憐搏鬥。我需要保持專注與平靜，用愛去做我所選擇的，絕對不要緊抓著眼前不放，因為死亡仍然離我很近，深淵還是在我旁邊，我走在邊緣上。」

哲也沒有說死亡總是緊依著所有生命；少年還很年輕，不需要思考這些事情。

哲也亦沒有明說弓道存在於所有人類活動。

他只是祝福了少年，如同多年以前他被祝福那般，並請他離開，因為這是漫長的一天，他需要睡覺了。

誌謝

Acknowledgments

致尤金・海瑞格（Eugen Herrigel），因其所著《箭術與禪心》（*Zen in The Art of Archery*）一書。

致帕梅拉・哈提根（Pamela Hartigan），施瓦布社會企業家基金會（Schwab Foundation for Social Entrepreneurship）執行董事，向我說明盟友的特質。

致丹與賈姬・德普羅斯佩羅（Dan and Jackie DeProspero），因其與小沼英治合著《弓道》（*Kyudo*）一書。

致卡洛斯・卡斯塔尼達（Carlos Castaneda），敘述死亡與巫師艾利亞斯的相遇。

關於作者

A NOTE ABOUT THE AUTHOR

保羅・科爾賀（Paulo Coelho）一九四七年生於巴西里約熱內盧，他被公認為我們這個世代最有影響力並最受讀者歡迎的作家之一。他的著作於三十本書，被譯為八十八種語言，在全球逾一百七十個國家出版，銷售超過三億二千萬本。

他很早就發現寫作的天賦。一九八七年出版的《牧羊少年奇幻之旅》，成為全球暢銷書，連續四百二十七週登上《紐約時報》暢銷書榜，自此奠定文壇地位。

他得過很多國際大獎，包括法國榮譽軍團第六等騎士勳章。自二〇〇二年起便是巴西文學院院士，二〇〇七年獲選為聯合國和平使者。二〇〇九年以《牧羊少年奇幻之旅》一書名列金氏世界紀錄中同一本書被譯成最多國語言的作家。

藍小說 324

神射手

O CAMINHO DO ARCO

作　者—保羅．科爾賀 Paulo Coelho
譯　者—蕭美惠
繪　者—Tanivu
責任編輯—廖宜家
主　編—謝翠鈺
企　劃—陳玟利
美術編輯—張淑貞
封面設計—職日設計 Day and Days Design
董 事 長—趙政岷
出 版 者—時報文化出版企業股份有限公司
一〇八一九台北市和平西路三段二四〇號七樓
發行專線—（〇二）二三〇六六八四二
讀者服務專線—〇八〇〇二三一七〇五
（〇二）二三〇四七一〇三
讀者服務傳真—（〇二）二三〇四六八五八
郵撥—一九三四四七二四時報文化出版公司
信箱—一〇八九九　台北華江橋郵局第九九信箱
時報悅讀網—http://www.readingtimes.com.tw
法律顧問—理律法律事務所　陳長文律師、李念祖律師
印刷—和楹印刷有限公司
初版一刷—二〇二二年五月二十日
初版二刷—二〇二二年五月三十日
定價—新台幣三八〇元
缺頁或破損的書，請寄回更換

時報文化出版公司成立於一九七五年，
並於一九九九年股票上櫃公開發行，
於二〇〇八年脫離中時集團非屬旺中，
以「尊重智慧與創意的文化事業」為信念。

神射手 / 保羅 . 科爾賀 (Paulo Coelho) 作 ; 蕭美惠譯 . -- 初版 . -- 台北市 : 時報文化出版企業股份有限公司 , 2022.05
面 ;　公分 . -- (藍小說 ; 324)
譯自 : O Caminho Do Arco
ISBN 978-626-335-198-1 (平裝)

878.59　　111003890

ISBN 978-626-335-198-1
Printed in Taiwan